# Histoires du Caillou Magique

## Deux contes pour enfants

ISBN: 9781535306645

# Les Aventures Extraordinaires de Franck

Versions bilingues disponibles

# Le caillou magique et la grenouille verte

Franck est un petit garçon
qui aime les longues balades
dans la forêt.

Il aime collectionner les cailloux et
les pommes de pin.

Un jour, lors d'une de ses balades,

Franck trouve

un joli caillou doré.

Il l'aime tellement que,

depuis qu'il l'a trouvé,

il l'emmène partout avec lui

comme un porte-bonheur.

Un jour, alors qu'il est aux toilettes
et qu'il vient de tirer la chasse,
Franck se penche pour observer
le tourbillon d'eau.

En se penchant, son caillou porte-bonheur tombe de sa poche dans l'eau des toilettes.

Oh, non ! Son précieux caillou est perdu à jamais !

Soudain, le tourbillon des toilettes

commence à grandir de plus en plus !

Il se met à s'élever

au-dessus de la cuvette !

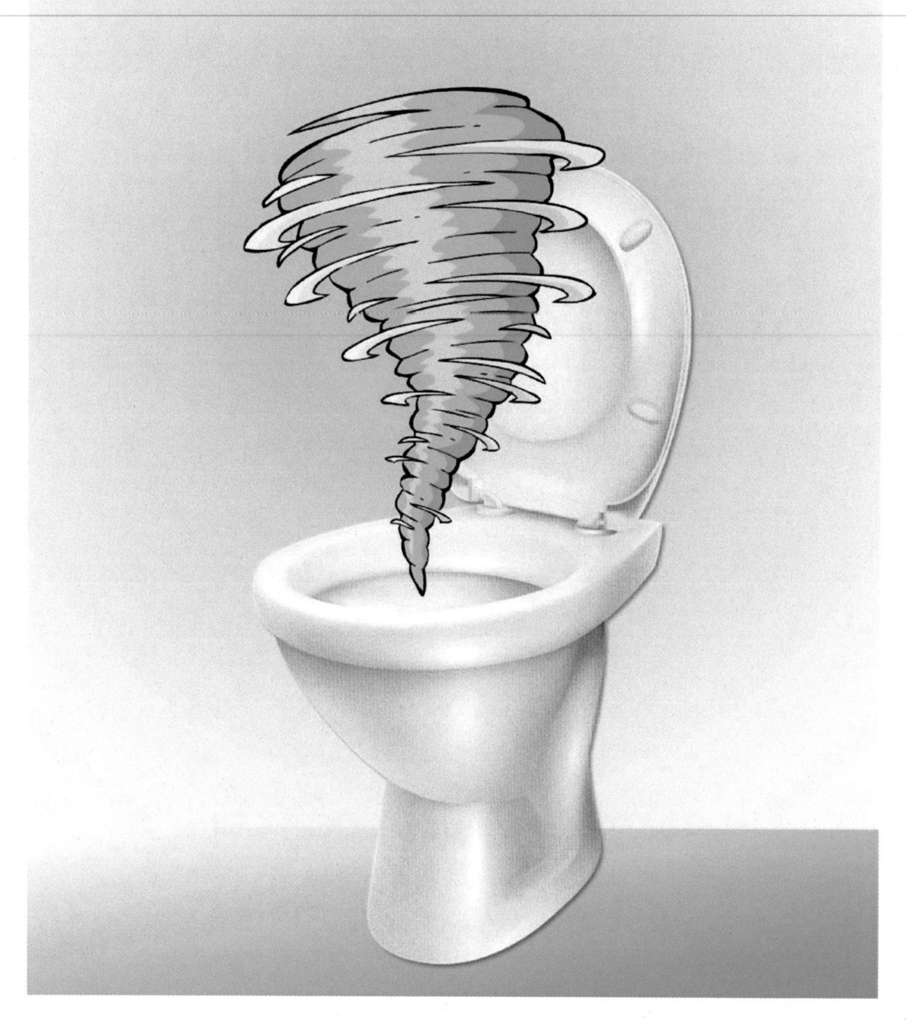

Franck commence à avoir peur...

Tout à coup, le tourbillon

se déplace à gauche et

une petite lumière jaune descend

lentement sur le sol...

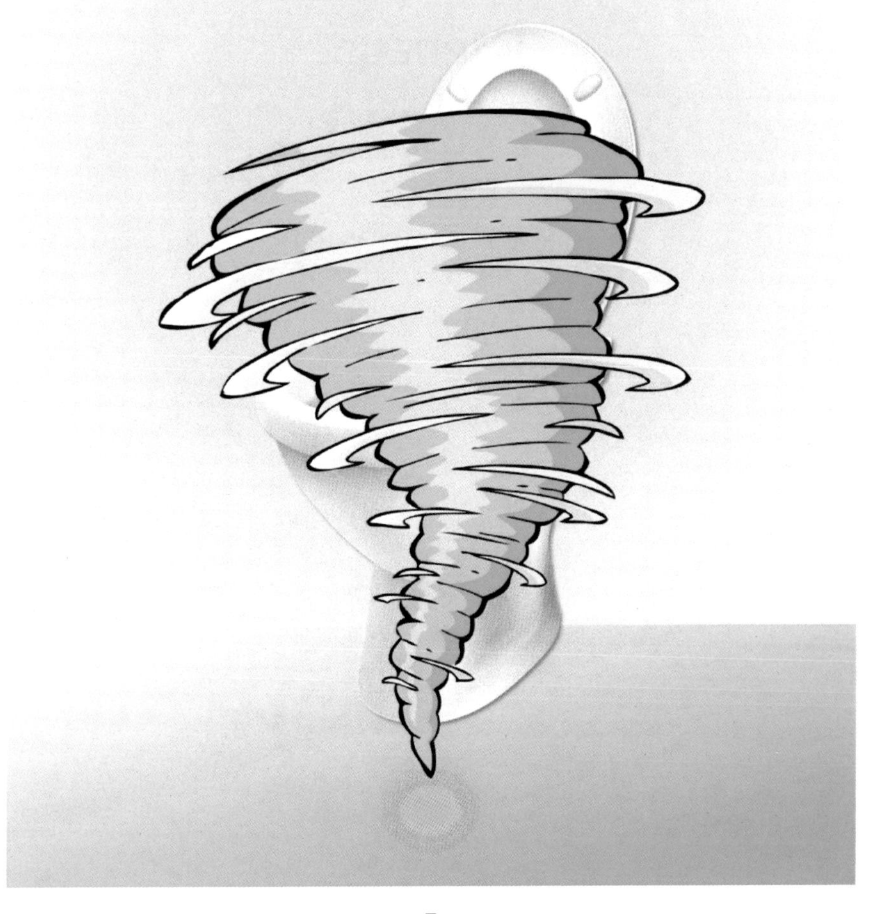

Le tourbillon fini par se disperser.

Franck s'approche prudemment
de la lumière jaune.

Il y a une petite grenouille verte à
l'intérieur !

« Bonjour Franck ! »
dit la grenouille.

« Une grenouille qui parle et
qui connait mon nom !
C'est génial ! »
s'exclame Franck.

La grenouille dit à Franck :

« Si tu veux bien, je serais

ton meilleur copain ».

« Ton caillou est magique.

Au contact de l'eau il se transforme

en grenouille ! ».

« Tu pourras m'emmener

n'importe où avec toi

sous la forme d'un caillou.

Et quand tu voudras me parler,

il te suffira de me plonger

dans l'eau et je me transformerai

en petite grenouille pour t'aider. »

« J'ai le pouvoir magique
de te téléporter en sécurité
n'importe où dans le monde
pendant 5 minutes.
Après 5 minutes tu seras
de retour à ton point de départ.
Je peux aussi répondre
à toutes tes questions ! »

Le lendemain, alors que Franck était en train de manger une crème glacée, il demande à sa grenouille : « J'aimerais comprendre ce que devient la nourriture après l'avoir avalée. »

La grenouille lui répond :
« Ce que tu manges entre
par ta bouche et est transformé.
Une partie est absorbée par ton
corps. L'autre partie, est éliminée
sous la forme de caca et de pipi. »

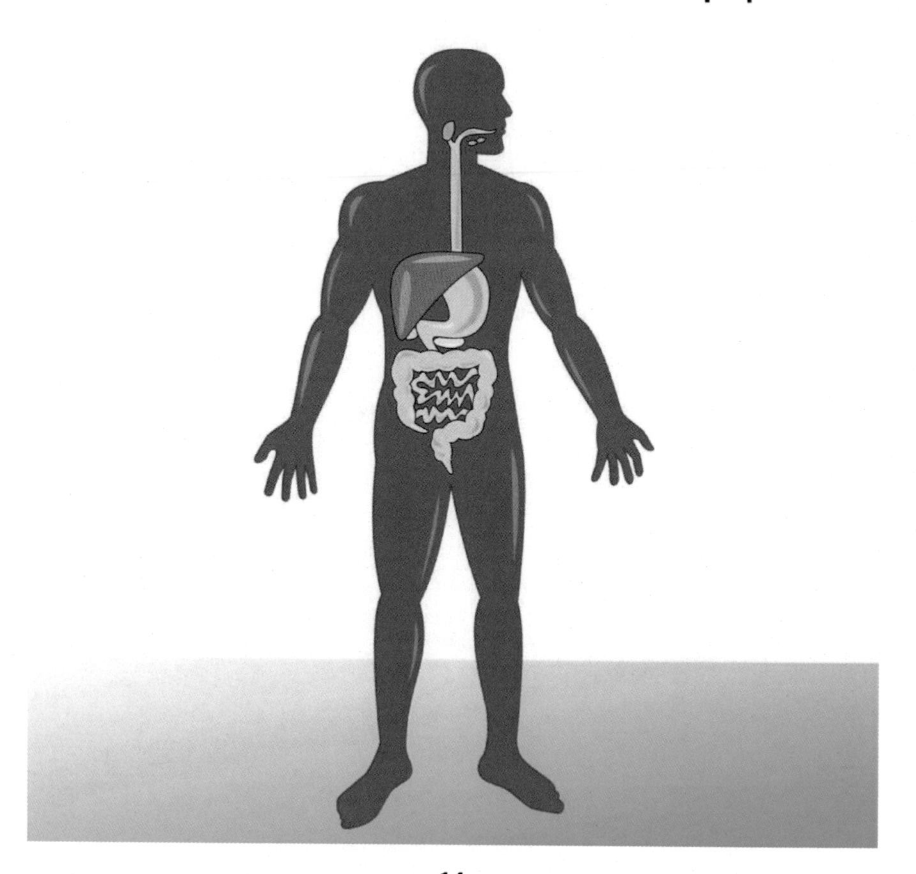

Le caca et le pipi sont

des déchets de ton corps.

Dans la maison, nous utilisons

les toilettes pour évacuer

tous ces déchets.

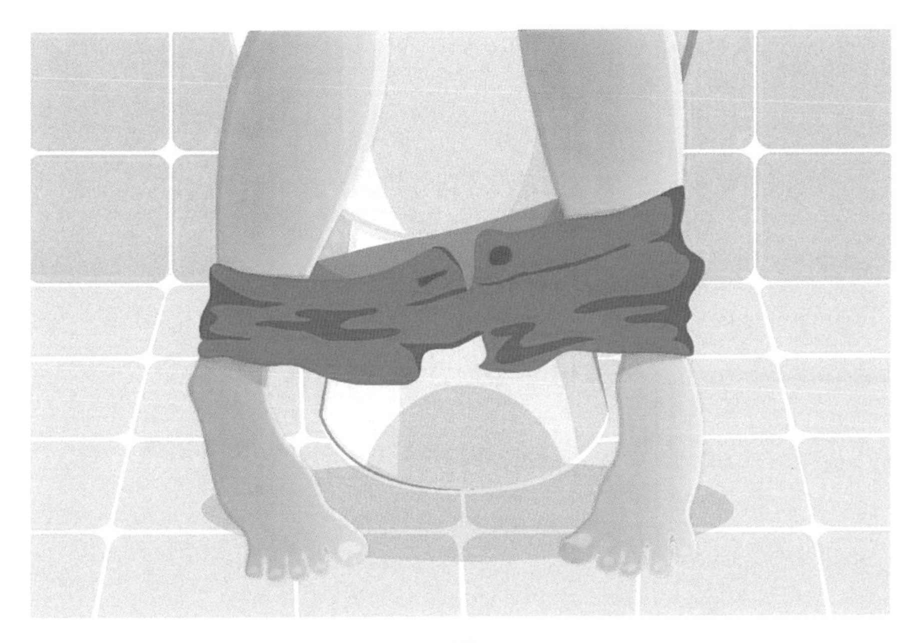

Le papier hygiénique
part également
par les toilettes.

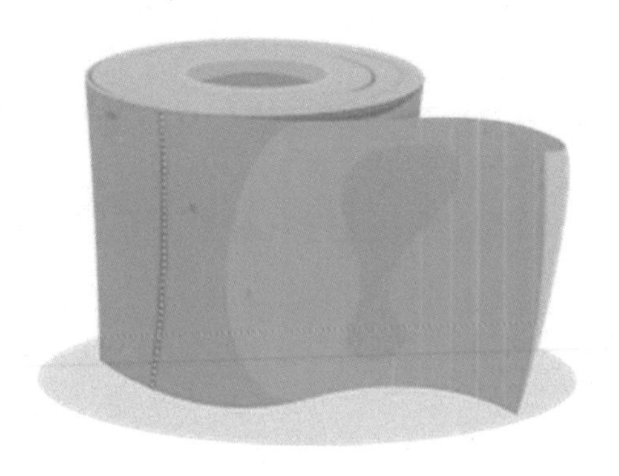

Il va dans les mêmes égouts
où sont aussi évacués
l'eau de la douche et
de la machine à laver.

Une fois arrivées dans
les toilettes, les eaux sales sont
poussées par un jet d'eau dans
les tuyaux qui les conduisent
vers des stations d'épurations.

Les stations d'épurations vont filtrer l'eau pour retenir les déchets.

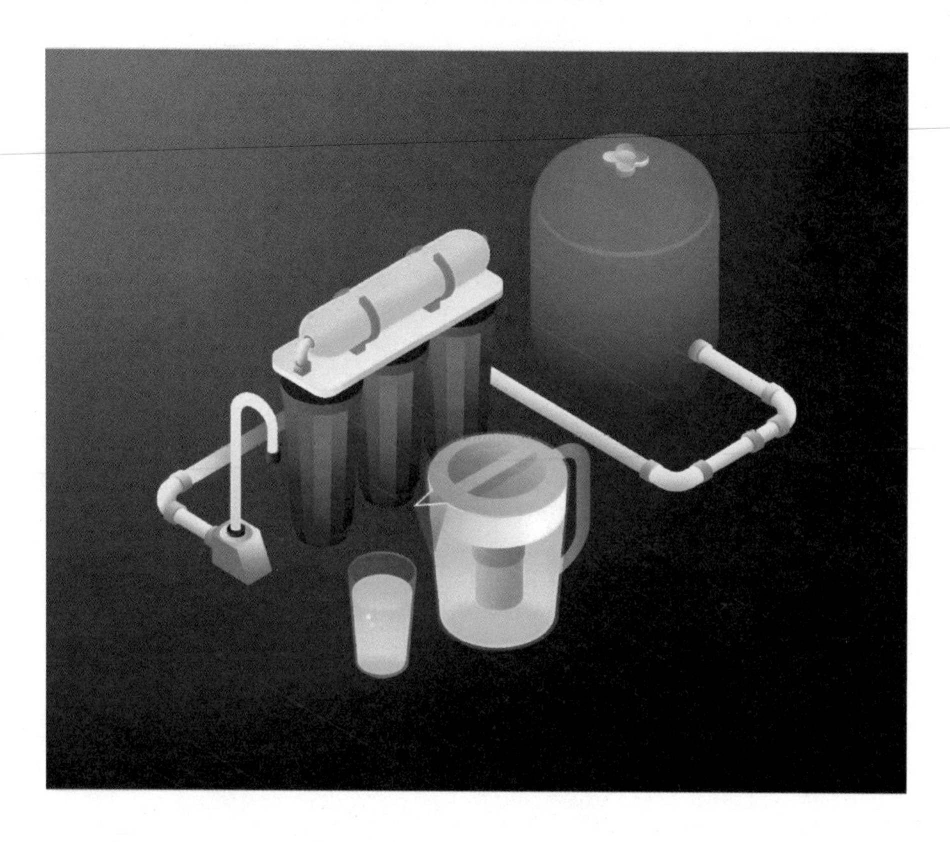

Elles vont ensuite tout dissoudre et filtrer grâce à des produits chimiques.

L'eau, désormais propre,

est finalement dirigée

dans les rivières, les lacs,

les mers et les océans.

Franck est tout content

de sa découverte.

La grenouille se transforme à
nouveau en caillou.
Franck le cache dans
la poche de ses pantalons,
et décide de réessayer
ses pouvoirs dès le lendemain.

# Visiter la planète Terre

Le lendemain, Franck demande
à sa grenouille magique :
« Je voudrais observer la planète
Terre comme les astronautes
la voient depuis l'espace. »

La seconde suivante

Franck se retrouve

flottant dans l’espace

habillé avec un costume

d'astronaute.

« C’est trop cool ! »

Tout en flottant dans l’espace,
il tourne lentement sur lui-même,
et est étonné d’apercevoir le Soleil
et une petite planète.

La grenouille lui explique :
« La petite planète est la Lune
qui tourne autour de la Terre. »

La Lune est un satellite

de la Terre.

Elle en fait le tour en 29 jours.

Sa surface poussiéreuse et rocheuse

est formée de

cratères et de montagnes.

Parfois, sur Terre, on peut apercevoir seulement une partie de la Lune.

C'est parce que son autre partie est dans l'ombre, par rapport au Soleil.

Quant à la Terre, elle est recouverte

de continents (en beige et vert)

et d'océans (en bleu).

Les tâches blanches sont

les nuages dans l'atmosphère.

La Terre fait un tour complet

sur elle-même dans une journée.

Quand le Soleil éclaire une partie

de la Terre il fait jour.

Pendant ce temps, l'autre partie

de la Terre est dans l'ombre

et il fait nuit.

Une fois revenu à la maison,

Franck demande à la grenouille :

« Est-ce que l'on pourrait aller

au Pôle Nord,

là où vivent les pingouins ? »

La seconde suivante,

Franck sent le froid sur ses joues.

Il entend des petits

bruits aigus.

Il frotte ses yeux et il aperçoit

des pingouins sur la glace.

« Et voilà l'Aurore Boréale
qui est visible seulement
aux Pôles Nord et Sud »
dit la grenouille.

« C'est un magnifique spectacle
de lumières dans le ciel ! »

Franck dit :

« J'ai trop froid.

Je veux aller là où il fait chaud ! »

La seconde suivante

il se retrouve sur le sable

sous la chaleur du Soleil.

La grenouille dit :

« Voici les dunes du Sahara.

Il s'agit du plus grand désert

sur la Terre.

De nos jours, les hommes utilisent

encore des dromadaires et

des chameaux pour s'y déplacer. »

« Voilà des montagnes

du Sahara.

Peu de plantes

et d'animaux y vivent,

car l'eau y est très rare. »

Franck dit : « Il fait trop chaud !
Je veux retourner dans mon pays ! »
L'instant suivant, il se retrouve
au bord d'une cascade
dans les montagnes.

L'air frais et l'eau

sont présents en abondance !

Finalement c'est bien d'être chez soi !

# Le Système Solaire

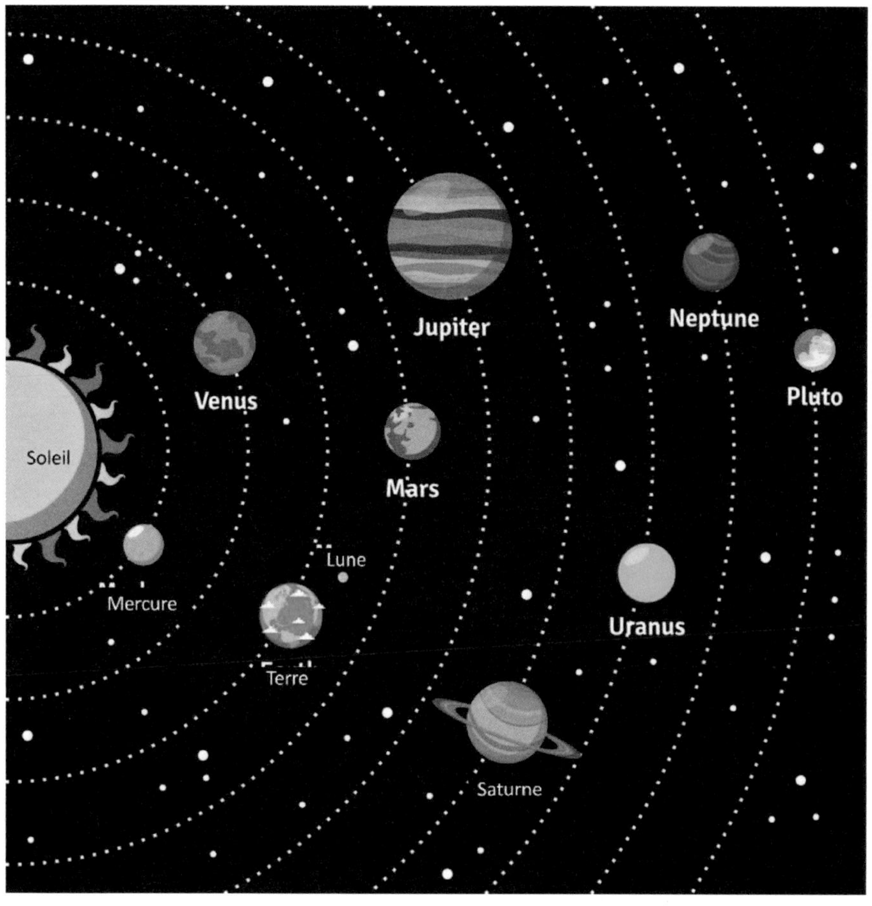

# Questions

1. Qui est le meilleur copain de Franck ?
2. Quels sont les déchets de ton corps ?
3. Qu'est-ce que la station d'épuration ?
4. Quelle planète tourne autour de la Terre ?
5. Qu'est-ce que l'Aurore Boréale ?
6. Qu'est-ce que Sahara ?

# LIVRES D'ACTIVITÉS POUR ENFANTS

# GUIDES POUR LES PARENTS

Made in the USA
Monee, IL
22 February 2022